Il conte nudo

I CONTI DEL CONTE

Youcanprint *Self-Publishing*

Titolo | I conti del conte
Autore | Il conte nudo

ISBN | 978-88-91189-17-2

Youcanprint Self-Publishing
Via Roma, 73 – 73039 Tricase (LE) – Italy
www.youcanprint.it
info@youcanprint.it
Facebook: facebook.com/youcanprint.it
Twitter: twitter.com/youcanprintit

A mio padre.
Per esserci; oggi, più di ieri.

A Sarah.
Ovunque essa sia.

"Lo scirocco è uno dei
momenti più belli che possano
essere concessi all'uomo,
in quanto l'incapacità di
movimento in quei giorni
ti porta a stare immobile
a contemplare una pietra
per tre ore, prima che arrivi
un venticello.
Lo scirocco ti dà questa
possibilità di contemplazione,
di ragionare sopra alle cose,
anche se è un po' difficile,
in quelle circostanze,
sviluppare il pensiero che è
un po' "ammataffato", colloso,
come la pasta quando scuoce."

Andrea Camilleri, scrittore

Prefazione
di Fabrizio Caramagna

Il Conte Nudo descrive le sue emozioni in modo estremamente poetico con quel continuo andare a capo e quell'insistere sulla sonorità delle parole e la visività delle immagini.

Vicini, dunque, al modello poetico, gli aforismi de Il Conte Nudo presentano un contenuto gnomico e sentenzioso che compare quasi sempre alla fine di ogni scritto, spesso in forma paradossale, a capovolgere uno schema o un luogo comune con una inattesa capriola logica.

In questa meravigliosa oscillazione tra vago e netto, logica e illogica, emozione e paradosso, ritmo e lucidità, le microstorie de Il Conte Nudo coinvolgono una *"lei"* e un *"lui"*, un *"me"* e un *"te"*, un *"tu"* e un *"noi"*. E' come se, da una prospettiva particolare, l'autore se ne stesse *"in un angolo di mondo privo di rumore, a raccontarci sottovoce com'è stato esistere, prima di diventare finalmente Noi"*.

E questo *"esistere"* che l'autore descrive, è fatto di sguardi e occhi sognanti, di respiri, di silenzi, di corpi, di sogni, di ricordi, di presenze e di addii, di attimi pieni di un puro sentirsi e di incastri imperfetti.

In questo contrappunto di vibrazioni ed emozioni, dove protagonista è spesso l'amore, la vita può essere una *"strada fatata"* e le notti, *"deserti senza sonno, senza voce e senza Dio"*.

Del resto come scrive Il Conte Nudo, *"dentro di me vivono un angelo che sorride, un diavolo che deride e una puttana impertinente che fa il filo sia all'angelo che al demone"*.

Fabrizio Caramagna vive a Torino, dove è nato quaranta anni fa.
Studioso e scrittore di aforismi, ha curato la pubblicazione di studi e antologie sull'aforisma contemporaneo tra cui la recente The New Italian Aphorists, la prima antologia dell'aforisma italiano in versione bilingue italiano-inglese pubblicata negli Stati Uniti.
Tra i soci fondatori dell'Associazione Italiana per l'Aforisma, da anni si batte a favore del riconoscimento della "bibliodiversità" della letteratura contro l'eccessiva predominanza della narrativa.

www.aforisticamente.com

Notte, amore.
E taci.
Che ogni nulla da dire, pesa anni e quintali.
Notte, amore.
E pace.
Che ogni voce sei tu; che sembri quasi tornare.

Nasco ancora e ancora un po'.
Come un seme, germoglio, potente.
So fiorire, io, e farmi frutto; il migliore.
Ora acerbo.
Ora amaro.
Ora me.

La fantasia, quella, ti ruba la vita.
Ha grasse mammelle; due appigli perfetti.
Per giungere in cima a una scusa ideale; e lasciarsi cadere.

Dentro di te vorrei trovare la musica del mondo,
il suono più rotondo che c'è;
dentro di te, che non ascolti neanche.
Poi sorridi, distante.

Ti ho cercata, ramingo, nella folle convinzione di trovarti in ogni dove.
Presuntuoso, il mio naso, a frugare l'odore.
Del tuo essermi casa.

Succede, a volte, che andare via sia solo un tuo
più estremo gesto d'amore.

A guardarli, gli occhi dell'uomo, raccontavano tutto.
Di un baratto, a prezzo cuore, con l'azzurro ricordo di lei.

L'errore è, in sé, l'unica variabile costante dell'amore.
Perché a perdersi ci si sbaglia una volta;
a non trovarsi, invece, tutta una vita.

Diranno di te, blaterando idiozie.
Lasciali dire.
Lasciali fare.
Quello che importa è che tu sia, nei tuoi domani, colui che.
Non colui chi.

Spente le luci, il respiro moriva.
Lei, lì in penombra; le labbra in attesa.
Era d'amore, quel mio viverle dentro.
Molto di più che un pressappoco del sesso.

Preferisco scrivere.
Perché è meno faticoso che scartavetrare residui d'attitudine
alla fuga verso territori di sconfinata libertà.

Vivrò ancora, lo so.
E sarò jazz ad alto volume, oppure sabbia che s'alza col vento.
Sarò strada, io; l'asperità.
E sarò voce; a dirti ti amo.

A volte, un dubbio mai risolto è già di per sé una condanna.

Raccontava di lei, come di un sogno sussurrato
in una notte senza voce.
E c'era, in quel suo tono sommesso, l'urlo fiele dei rimorsi.

La mia gara è con nessuno.
Disattesi i traguardi, corro solo verso il mare.
Mare uguale, mare sempre.
Vera e unica meta, il mio averne stupore.

Basterebbe incontrarsi domani,
senza avere memoria del tempo.
Come noi, primi e prima di tutto.
Amati a vista da quel cielo settembre.

Ti aspetterò, nei pensieri d'un tempo.
Dov'era favola l'essere noi.
Mi aspetterai, e saremo perfetti.
La prossima volta.
La prossima vita.

Si è prigione una volta, da cui evadere sempre.

Ora che è sera, m'illudo di niente.
Di nuvole in tinta col cielo incolore.
Di te, che sai sempre come e dove toccarmi,
quando sono di vetro.

Sono ancora qui, e non mi guardi mai.
Mentre ridi dei miei sogni nucleari.
Versandomi illusioni da bere, in calici di bianca sabbia.

Dargli un nome non serve.
Che sia un angelo o dio, esiste qualcuno sempre pronto a
salvarti. E a rimetterti in pista verso giorni migliori.

Spesso l'uomo passeggiava col padre,
anziano come l'asfalto.
Nei loro passi, un orgoglioso silenzio; lo stesso da sempre.
Da tutta una vita.

Conta assai poco il posto da cui vieni, qualsiasi esso sia.
Perché c'è un mondo, laggiù in fondo ai tuoi occhi;
ed è lì che c'è tutto di te.

Doma il fuoco, stanotte.
Soffiagli addosso.
Tu sei vento, tempesta.
Spegnilo adesso.
E gonfia il petto, d'orgoglio.
Lì, dov'è cuore, il difetto.

Provo a convincermi che sei soltanto un sogno.
Poi apro gli occhi.
Sei lì.
E stai sognando con me.

Si ciba di rabbia, il mio sogno modesto.
S'inasprisce, vizioso, e diventa molesto.
Fino ad ergersi, iroso e potente, a sublime ossessione.

È il tempo, sai, che come un fiume ha il letto,
ma non dorme mai; semmai s'inerpica
Sui nostri volti un po' scavati, sui tuoi bei zigomi.

Non ha parole, il talento.
Ma sa librarsi nell'aria e volteggiare, maestoso.
Poi, quasi ignaro di sé, inchioda le masse all'eterno stupore.

Dammi il tempo che non ho, per viverti dentro;
io e i miei giorni nascosti in un angolo.

Stavo lì, appoggiato ai miei ieri, quando lei arrivò.
E sembrava quel tutto venuto dal niente;
che per me, come sempre, è ad un passo dal troppo.

Come terra, riarsa dal sole,
che reclama un altro seme fecondo.
Come acqua, eterna marea, che si fa onda per baciarsi col vento.
Così, noi due.

Puoi dire tutto della passione, ma non che non c'entri la
geometria; perché certi corpi si amano a vita,
condannati all'incastro perfetto.

Dov'è nudo quel tempo, scevro d'ogni difetto,
mi soffermerò lì; dentro al solito posto.
Quello nel quale, io ti aspetto da sempre.

Nave tempo, non c'è rotta per noi.
Ancorarsi a un ancóra è il delirio che fugge.
L'alba a venire, sa d'incanti proibiti ch'io mi nego e m'annego.
Deriva raggiunta.

Genera detriti, l'abitudine a scavarsi dentro,
che s'ammassano ai bordi del cuore.
Sta al cinismo delle piogge di marzo, il saper renderli fango.

⬥

Casa é quella mano calda che, stringendola,
aderisce perfettamente alla tua;
come se ti appartenesse da sempre.

⬥

Era il vizio dell'inventario a fare di quell'uomo un risibile idiota.
Sommava le cose perdute di un tempo a quelle che, oggi,
non avrebbe cercato.

⬥

Eppur, nelle notti di quel freddo colmarsi,
io ero lì a cingerti il cuore; sotterrando il mio esserti carne
tra le pieghe del tuo essermi amore.

⬥

Vennero mesi senza che i due s'incontrassero,
se non dentro a sogni d'imperante lussuria.
"Più che il tuo corpo, è il tuo viso che voglio."
E c'era, in quel non dirselo a voce,
tutto l'amaro dell'esser distanti.

All'origine di tutta la poesia del mondo c'è, quasi sempre,
un'amante irraggiungibile.
O una madre irragionevole.

Capitava, la notte, di restare abbracciati a parlare del più.
Esibendo il pudore di tacere del meno.

Siamo stati sempre qui, tu ed io.
A farci largo coi denti tra milioni di voci, tra milioni di odori.
Tra milioni di loro, così simili a noi.

Mite e ossequioso come un cristo supplente, il diavolo,
stanco, declamava a bassa voce l'ormai antico sortilegio.
"Un pelo di bue, tre denti di ratto e lei sarà mia,
nella carne e nel cuore."
Era, più di tutto, quell'eterno bramarla, il suo unico inferno.

È così strano abitarti nel cuore.
I balconi spalancati a dare luce al delirio
del mio incerto viverti dentro.
Del mio volere credere, in te.

Dovresti esserci, provare a salvarmi.
Ostacolare ogni mia fuga in cantina.
Mutare voce, ogni notte, per fare paura.
Ai miei codardi silenzi.

Così, navigato in ogni dove tutto l'amore del mondo,
l'uomo e il suo esaurito stupore fecero rotta a levante,
verso la baia dei ricordi.

Un amico lo senti.
Anche quando, a legarvi, sono soltanto parole.
Un amico lo vedi.
E lui magari lo sa, che l'unica cosa a dividervi è il mare.

Quel che importa é riuscire a tornare; anche se, a volte,
non ricordi bene dove.

C'è di tutto in una notte cosi.
Ma soprattutto c'è l'Assenza.
Ti guarda.
Ti sorride.
Poi indossa la tua giacca e ti accende persino una Merit.

Non ebbero alcun suono le nostre ultime parole,
appese a labbra così uguali che, fosse stato per loro,
avrebbero passato la vita intera a baciarsi.

È tutto un viaggiare, stasera, come clandestini
aggrappati alla zattera del buon senso.
Quella terra, all'orizzonte, è soltanto un miraggio.

Ci troveremo, vedrai.
E avremo zigomi levigati dal tempo.
Saremo giorni rubati all'età.
Beffando anche la morte, col nostro inquieto vivere.

Non torna mai niente.
Le cose di un tempo e, del tempo, l'odore.
Niente, più niente.
Persino il passato, elusi i ricordi, si spegne da sé.

È che lo scegli, il male minore.
Quello che uccide in comode rate.
Come fumare tabacco e cocaina.
O come la quiete di un amichevole amore.

Era un viaggio deludente.
Una gita organizzata su un volo low cost.
A bordo, poi, avrebbero voluto vendermi di tutto.
Persino l'atterraggio.

Resta.
Anche senza parlare.
Qui piove spesso, sarà più facile amarsi.
Resta.
Anche senza parole.
Qui, nel silenzio, dov'è più vero sentirsi.

Di uomini a pezzi per un pezzo di pane.
Di uomini figli di madri un po' padri.
Di uomini morti nei letti sbagliati.
Di noi sempre in guerra.
Di me, senza pace.

Potrei anche farlo, in una sera così.
Alzarla in piedi, la vita, e sparire.
Via dai ricordi di un tempo, ormai adulti.
Via dai miei ieri, da te o quel che eri.

Eravamo diversi, noi due.
Anche in inverno era arduo capirsi.
Tu, insofferente al rumore del vento.
Io, che nel vento mi ci perdo da sempre.

Persevero, ignavo, nel rifiutare le certezze sottocosto
che questo tempo, mercante, mi offre.
Compro passioni, io.
E colleziono sottigliezze.

Esistono parole che, una volta dette, lette,
udite o trascritte, rendono vano qualsiasi altro dire.
Ed il cuore, rapito, le osserva danzare.

Plano, ma é il mio ultimo volo.
E dirotto sul cuore, viro verso di noi.
Tento l'atterraggio perfetto.
Poi mi schianto, sul fatto che non ci sei.

Incontrarsi e perdersi.
Ritrovarsi e stupirsi.

Persiste, la notte.
E si fa beffe di me.
Del mio provare ad escludermi in tempo dai suoi
progetti di guerra e rovina.
Del mio ingegnarmi a voler essere eroe,
pur negoziando un'insolita resa.

Preferiva sottrarsi alla luce, quell'uomo,
pur di non cedere a un'ombra; fosse pure la sua.
Poi, poco incline all'oblio, si accendeva i ricordi.

Seguimi, ora.
Oppure restami accanto.
Noi due, contromano, sulla strada destino.
Parlami, canta.
E, se occorre, urla forte.
Come solo tu sai, esser voce coraggio.

Come va?
Come sai.
Come magari non ricordi neanche.
Come se ci fosse ancora poco tempo e troppa strada per tornare.
Dal deserto a casa mia.

Ho mani troppo forti per i tuoi fragili polsi.
Trattenerti a me sarebbe un gioco.
Così proverò a usare le labbra.
E se resterai, io ci sarò.

Guardarmi ora.
Mentre distruggo le parole di un tempo,
fino a farne coriandoli senza colore.
E scusa il carnevale, troppo fuori stagione.

C'era, sul viso di Eva, una tacita promessa di sesso,
esposta come carne avariata in offerta.
Coi vermi ben nascosti, tra i seni e il cuore.

Saprò esserci ancora, a tenerti per mano.
A farti da spalla mentre bari col tempo.
Raccontarti quanto servano al cuore, certe analgesiche bugie.

Ci sono occhi in cui, "andrà tutto bene" é più
una promessa che una vacua speranza.

Cedo a ciò in cui credo.
E mai viceversa.

A volte, devi arrivare fino alla fine per renderti conto che,
in fondo, era soltanto una questione di principio.

"Ottima scelta" fece il commesso, "glielo incarto?"
"No, lo indosso ora." replicò l'uomo, pagando.
Era tempo di saldi, alla bottega dell'odio.

La tua è speranza.
La mia è arte di far senza.
Completamente disinteressata, com'è ovvio, a morire per ultima.

A volte, se serve, una guerra te la inventi.
Perché non è più possibile fare l'amore.

Ci sono notti che non ti perdonano
il non aver saputo viverti il giorno.

Man mano che passavano i giorni,
ci rassegnammo ad un esausto silenzio.
Così, come mai avremmo creduto,
l'esser lontani ebbe ragione di noi.

Sarebbe anche un bel mondo, il mio,
se solo imparassi ad esserne il custode.
Piuttosto che viverlo da ospite, giunto all'alba del terzo giorno.

Ma torniamo a quella sera.
Quando tu, emozionata, guardavi il tramonto ed io,
annoiato, vedevo a stento un sole stanco che moriva
in mezzo al mare.

In lei, tra capezzoli e ombelico, c'era un sentiero di carne
senza fine che ho percorso al buio, per anni.
Ogni volta, perdendomi un po'.

Passo il tempo a centellinare ipotesi di presunte
innocenze in favore di colpe evidenti.
Ne ho fatto un vizio, oramai.
E non tra i peggiori.

Io so giocarci, con le parole.
Ma quasi sempre vincono loro.

Restami addosso, mentre provo a incastrare i miei neri
aggettivi dentro al nostro imperfetto.
Prima di legarci, per sempre, ai sostantivi dell'odio.

Sarebbe stata una notte così.
Tu, nuda e sognante, a narrarmi una fiaba per farmi dormire.
Io, vecchio diavolo insonne, a tentarti la carne.

Non ci sarò, lo sapevi da sempre.
Non so più perdermi e poi ritornare.
Sono l'uragano che sa fingersi sole.
Aspettami a casa, ora che piove.

Ora lo sai, sono fatto così.
Invado chi amo fino a renderlo vero.
E ad essere veri, viene fuori di tutto.
Persino quel peggio che amo di te.

Lei credeva che i sogni fossero un dono degli dei.
Lui ne rideva.
Ma di notte, a guardarla dormire,
avrebbe pregato per far parte dei suoi.

L'ovunque é nel mondo.
Il comunque, in noi due.

Eccolo, il tempo.
È quell'albero stanco che sorregge,
rugoso, i suoi rami pesanti.
Poi, nelle notti a cielo terso, sorride fiero alle stelle.

Non ho mai cercato il coraggio della fede.
Ho fede solo nel mio coraggio.
Così, quando fuori il mondo trema,
mi ritrovo a pregare me stesso.

Non arriverà mai il momento giusto, per noi.
Quello in cui é opportuno finire.
Finché io non avrò imparato a smettere di guardarti.
E tu, di piacermi.

27

Dimmi se senti il rumore del cuore,
nel fracasso dei tuoi anni sempre uguali.
Dimmi di cosa la nutri, la noia.
O di come vivi, imparando a morire.

È tutto un cercarti, stanotte.
Tra le lenzuola superflue di questo sogno senza odore
che provo a prendere in giro.
Prima di prendermi te.

Ma io, se fossi Dio, sarei un vecchio che non ride mai.
La notte, sempre in giro per mille mondi,
a parlar solo e a bere per dimenticare.

Saper scrivere è un dono.
Rileggersi, una maledizione.

In quell'attimo, come mai prima né dopo, c'eravamo noi due.
A raccontarci sottovoce una storia mai letta,
di parole abusive e baci sognati.

Avrò avuto vent'anni.
Quella sera la radio suonava gli Smiths.
Lei, nuda senza sesso, stonava su It's Over.
Io, certe notti, sono ancora li.

Come tasselli, in natura dissimili.
Con il cuore, legno grezzo, levigato quel poco che basta
a simulare, giocoforza, l'incastro imperfetto.

Nessuno più di lui sapeva ingegnarsi al silenzio.
Sarebbe stato capace, quell'uomo, di dare fuoco
ai pensieri, pur di tacere a se stesso.

In una notte così può accadere di tutto.
Persino sentirsi, ma senza parole.
In una notte dolce e nera, uno sconosciuto può salvarti la vita.

A guardarlo, quel vecchio sembrava un giornale
dimenticato su una panchina qualunque.
I suoi capelli, pagine al vento.
Le lacrime, pioggia.

Quella sera in spiaggia, io non guardavo le stelle.
Ascoltavo, rapito, il tuo respiro.
E lo stesso sciabordio del mare, mi suonava molesto.

Io scendo alla prossima.
E sarà quasi come giungere a casa.
A pochi isolati da quel che ami di me.
Il posto migliore, per provare a dormire.

Scoperto che era il tempo a rubarci la luce,
abbiamo iniziato a vestirci di nero.
Io e i miei fottuti pensieri a pois.

Lo chiamano amore, ma è tutto un gioco da bambini.
Perché ad amare, ci si illude davvero.
Ciascuno come sa.
Ciascuno come può.

Provo a tornare.
Dove il mio esserci ha un senso.
Prima che il vento, stasera, si prenda gioco di me.

Sono piedi senza fretta.
Centomila mille passi.
Sorrisi ruffiani, a non tradire stanchezza.
Io, ombra incolore di un gigante smarrito.

Scrivo di un presente coraggioso, che sorride al futuro.
E che, nei giorni di pioggia, si commuove al passato.

C'erano, tra noi, attimi pieni di un puro sentirsi,
di ieri mal vissuti e di domani impellenti.
Erano attimi, quelli, da passarci una vita.

V'era, a ben guardare, una dura autorevolezza negli occhi
di quell'uomo, la cui voce, ruminante vissuto, era ormai
un espediente per tacere.

Non ci saremo, e verrà ancora l'estate.
Ci perderemo, poi un altro inverno.
Sarai più tu.
Sarò più io.
Senza aver mai imparato a essere noi.

Dentro di me vivono un angelo che sorride,
un diavolo che deride e una puttana impertinente
che fa il filo sia all'angelo che al demone.

—❖—

Natale è dei bimbi.
Noi, adulti da una vita, possiamo solo aspettare la sera e,
nel buio, far loro a pezzi le bambole.
In cerca del cuore.

—❖—

Era troppo presto per iniziare, e decidemmo di aspettare un po'.
Così passò una vita intera.
Senza che fosse mai troppo tardi, per smettere.

—❖—

Certe volte, l'uomo guardava al domani.
Ed era, quello, il solo modo che conoscesse per sottrarsi,
più o meno dignitosamente,
alla pretenziosa urgenza del vivere.

—❖—

Me ne sto qui, seduto sul bordo di un precipizio
sempre nuovo, a saggiarne la profondità,
col solo metodo che io conosca.
Sputarvi dentro.

Ora, magari, avremmo fatto l'amore.
Oppure, come sempre più spesso accadeva,
saremmo stati soltanto noi due, l'amore.

Qui è tutto uguale a sempre.
Le strade, la gente.
Il mare mentre piove.
Come quando c'eri tu.
Come quando c'ero io.
Soltanto, ho più freddo.

Non spero mai in un anno migliore.
Spero di diventarlo io, migliore.

Avevi voluto provare a fuggire.
Meta finale: bastare a te stesso.
Ora è morto l'odio, ch'era nato rancore.
Recuperato il cuore.
E l'amore, prevale.

Non mi fa poi così male il fatto che non ci sei.
Mi fa più male il fatto che inizio a non esserci io.

Non piove.
Sono solo nuvole, quelle.
Che, pur di far colpo su un sole distratto,
hanno imparato a piangersi addosso.

Guardava fuori, l'uomo.
Le solite persone, i rumori molesti.
Poi, di scatto, chiudeva la finestra.
Prima che imparasse a sentirsi meno solo.

È una media esistenza, la mia.
Alla quale, ringhioso, soggiaccio.
Fatta di tv sempre accese, di cene mezze fredde
e dei miei pianti vampiri.

Anche la pioggia, se resto a guardarla, non è poi tutta uguale.
Certe gocce, ad annusarle, sanno ancora di lei.

Così, malgrado oggi piova senza sosta, io mi fermo a guardarti.
Ed è quasi come stendermi al sole.

Provo a virare.
Verso più nuove e sorprendenti tempeste.
Io, l'ultimo uomo su un battello di carta salpato
dal porto delle inutili attese.

Ci sono persone che, te ne accorgi subito,
sembrano venire da molto lontano.
Hanno le scarpe sporche di fango e gli occhi gonfi di passato.

Disteso, pancia all'aria, a cercare un po' di te
nelle facce delle nuvole che, moleste, si fanno nere.
Fino a piovere.
Fino a ridere di me.

L'emporio dei sogni non pratica mai i saldi di fine stagione.

Passeggiava, l'uomo.
Da solo, come tutte le sere.
Le mani nelle tasche, a frugare tra i pretesti taglienti
di un giorno finito in frantumi.

Sere che scivolano via, così.
Come corda bagnata.
Tra mani troppo grandi,
dita serpenti e pelle così spessa che non brucia quasi più.

Poi, messi alle corde da una manifesta inattitudine
al pentimento, ci siamo inventati l'alibi perfetto.
Quel caro, vecchio "a fin di bene".

Estinti gli istinti stantii di un istante, stavamo così.
Stesi dall'estasi, in una stasi estenuante.
Stoici nel nostro stentato stupirci.

È carne nella carne, l'amarsi davvero.
Un rude appartenersi nelle stanze del tempo.
Come essere demoni pazzi.
Persi nei corridoi dell'amore.

Odorava di ricordi, l'uomo.
E di quel buon odore, avrebbe potuto vivere altri
cinquant'anni, in assoluta immobilità.
Senza annoiarsi mai.

Certe solitudini sono frutto di incontri sbagliati.
Tra due cuori mezzi ubriachi, coi battiti in levare.

———

Cosa vuoi che sappia io, così poco incline alle certezze in offerta.
Persino il mio stesso tornare a casa stasera, dipende dal vento.

———

Si guardavano, lei e lui, con l'Agosto nel cuore.
Mentre fuori, a due passi dal caos, mancava un mese a Natale.

———

L'errore è quando sbagli una volta.
Due volte, è stupidità.
Oppure, amore.

———

A volte, poi, non è nemmeno odio.
È più voglia di tenersi a poca distanza
dall'ultima uscita di sicurezza fruibile.

———

Senza un cospicuo fondo di rabbia, anche la migliore
delle speranze si trasforma, a breve, in una futile illusione.

Tendo più a fidarmi del tempo che rimane.
Perché quello già trascorso, certi giorni, mi azzanna alle spalle.

Di notte, l'uomo, nel suo deserto senza sonno, pregava.
Senza voce e senza dio.
Ed era quello, a suo dire, il solo modo per tornare bambino.

Magari ci rivedremo altrove.
Dentro a baci deludenti.
Dentro a corpi senza odore.
Dentro a vite mezze vuote in cui fa eco il ricordo di noi.

Ho sempre vinto io.
E anche quando ho perso,
non è successo mai per debolezza,
ma per un sopraggiunto disinteresse verso la vittoria stessa.

C'era, nel loro appartenersi, un reciproco istinto cannibale.
Ed avrebbero voluto morirci così.
Ad amarsi nella carne, prima che nel cuore.

Ora l'uomo era pronto.
Come più volte in passato, avrebbe affondato
ogni rabbia dentro ad un corpo qualunque.
Pur di guadagnarsi il domani.

Bisogna essere eroi, per raccontarsi sottovoce la bugia
di una geniale vittoria dentro ad una guerra che, invece,
avremmo dovuto evitare.

Camminavamo piano, su una strada fatata
che pareva esistere solo per noi.
Ogni sosta era un bacio.
Una scusa perfetta.
Per non arrivare mai.

Che, se chiudo gli occhi, faccio un sogno sempre uguale.
Lei ed io, mezzi nudi in riva al mare.
A ballare quel tango che ci ha visti morire.

Di notte hanno tutti ragione.
Tranne gli insonni.

Bisogna pur metterlo, il punto.
Alla fine di una frase.
Alla fine di una storia.
Si chiama ortografia.
O, più comunemente, coraggio.

C'è un silenzio che non é assenza di parole.
É il silenzio di quegli occhi che non sanno più parlare.
Occhi che, ora, vogliono solo dormire.

Avreste dovuto vederlo, quel tipo.
Era nudo nel corpo.
Una tozza carcassa.
Ad imporgli passi così incerti da oltraggiare la strada.

Si chiama rispetto, quello che nutri per te stesso.
Quello che non ti fa essere mai un passatempo per idioti.
E che fa di te un uomo libero.

C'è da assolverlo questo tempo andante,
cosi stolto nel suo incedere, che ha giocato metà vita
ad abbruttirci e l'altra mezza ad abbrutirci.

La memoria, per esempio.
La mia, la tua.
Così amabilmente double-face.
Oggi, radice della vita.
Domani, carceriere irreprensibile.

Sono tutte bozze illeggibili, le mie.
Messe lì ad asciugare, dentro ad un giorno di stanco sole.
E non vi é nulla di personale.
A parte me.

Eravamo ad una festa, stanotte.
Ballavamo. E lei era bellissima.
Bella come un sogno che non riesce a darmi tregua.
Anche mentre dormo.

In fondo, il presagio era chiaro.
Stava lì, nei nostri giochi bambini.
In quell'urlare, come fessi felici:
"...e tutti giù per terra!"

Ci siamo riempiti la vita di piccole, perdonabili incoerenze.
Come certi "addiopersempre" che duravano mezz'ora.

———

La fortuna non esiste.
Esistono, invece, uomini laboriosi
che sanno far bene il loro lavoro.
Fino a crearsela da soli, la propria fortuna.

———

È stupido cercare qualcosa di bello in ciò che bello non è.
Il bello del bello è che non serve cercarlo.
Il bello, se è bello, non sfugge.

———

Non si erano mai persi un solo bacio, quei due.
Anche il sesso, tra loro, era tutto un pretesto.
In realtà, volevano solo toccarsi il cuore.

———

Traccio ancora nere distanze.
Dagli eccessi di un tempo.
Dagli amori part time.
Dai ricordi confusi.
Dal mio essere te.
Dal tuo fingerti me.

42

Tu non lo sai, ma io abito lì.
In quel posto che, da fuori, può sembrarti il paradiso.
Dentro, una sola camera con vista.
Sull'inferno.

"É lei, questo mare d'inverno" pensô l'uomo in disparte.
Poi, in un maschio silenzio, avrebbe voluto mutarsi in delfino.
E annegarvi dentro.

La verità, amico mio, è che abbiamo trascorso
la vita a crederci dio.
Ed ora è arduo questo cammino,
che ci condurrà verso più umane derive.

Dentro ad un abbraccio puoi fare di tutto.
Sorridere e piangere.
Rinascere e morire.
Oppure fermarti a tremarci dentro.
Come fosse l'ultimo.

Si impartiscono lezioni di piano ad innamorarvi,
che il peso di una felicità inaspettata, talvolta è insostenibile.

C'erano stelle, su quel cielo di legno.
Nello specchio, di fronte, ci vedevo una fata.
Io lì, a non credere a nulla.
Fosse pure una fiaba.

***

Forse abbiamo improvvisato, dichiarandoci adulti anzitempo.
O, forse, ci hanno proprio chiesto troppo.
Noi, con la vita, volevamo giocarci.

***

Qui.
Come mite gregario.
A cullare il mio lato peggiore.
Ad incutergli la bramata quiescenza.
Così che, nel suo torpore, io possa ucciderlo.

***

Dev'essere accaduto dentro a quei minuti eterni di muto
abbandono, che qualcuno o qualcosa ha deciso per noi,
cavie di un destino maldestro.

***

È ancora troppo presto per coltivare rimpianti.
Al momento, sono molto più occupato a seminare rimorsi.

È meglio peccare indossando uno smoking,
che provare a redimersi senza più neanche gli slip.

***

Il silenzio è una fuga verso un luogo che conosci solo tu.
Il ripostiglio del mondo.
Là dove anche il vento, quando è stanco, va a morire.

***

Come ogni sera, l'uomo indossò le sue scarpe migliori.
Poi, chiusa a chiave la vita, riprese l'abituale cammino.
Sul sentiero dei colpevoli.

***

Tocco il fondo.
Ma non è così male.
Si è più liberi, quaggiù.
Liberi da pretese, difese e condizioni.
Liberi di risalire; liberi di restare.

***

Certe perplessità immotivate, nel tempo, acquistano valore.
Trasformandosi in plausibili paure.

Scuoteva la testa, il vecchio.
Mentre osservava il mondo arrancare.
Lui, tempo alle spalle, aveva amato la vita.
Fino a riderle in faccia.

Tra una brava persona ed un fesso, passa un filo così
sottile che alla brava persona sembra un capello,
mentre il fesso vi si impiglia.

Una voce, quando serve, dovrebbe anche saper essere gesto.
Altrimenti perde ogni virtù.
E si trasforma in un suono.
Un suono, come tanti.

Si erano incontrati così, lei e lui.
Sbagliando ogni cosa.
Luogo, tempo e cuore.
Solo le spalle parevano essere giuste, una volta girate.

Fino a perdere tutto.
Che già l'aver vissuto è, di per sè, l'agognata vittoria.

C'è una verità sempre nuova, sulla nuca di ogni donna.
Ed una bugia sempre uguale nel suo ostinarsi a negarla.

Ci si vede in cima.
Che risalire, appartiene ai migliori.

Tra muti passeggeri e mete passeggere.
Certo, è strano il nostro viaggio.
Ma è bello saperti con me.

Una volta in piedi, mi alzerò in aria.
E salirò in alto.
Fino a planare sul suo ventre perfetto.
Io, che ho ali di vetro per un ultimo volo.

Sarai sempre un po' mia.
Malgrado il mondo.
Malgrado il tempo.
Malgrado me.

Difficilmente riesci a trovare ciò che hai sempre cercato.
Fino a convincerti che non esiste nemmeno.
Ed è così che smetti di esistere tu.

-Cosa ti è mancato veramente?
Lei, per un attimo esitò.
Ed era così bella che l'avrei baciata
fino ad estorcerle la risposta più vera.
-Tu.

Che uomo, quell'uomo.
Aveva bruciato tutto ciò che nella vita appare irrinunciabile.
E, di fronte al grande fuoco, aveva imparato a ballare.

Noi, che abbiamo adoperato ogni lecito mezzo
per sentirci migliori.
Persino l'amore.

Resisto a tutto.
All'emicrania, alla voglia di zucchero nel caffè
ed al bisogno di sentirti.
Si può essere eroi, in un venerdì qualunque.

A volte si è amore per la vita.
Altro che semplici figli.

Accade tutto lì.
Nel reciproco annoiarsi.
Nel servile compiacersi.
Nel cordiale ignorarsi.
Nel chiamare 'luogocomune' il cimitero dei sogni.

Si finisce sempre col seminare ovunque dei ricordi.
Pur coscienti che, nel tempo,
da essi fioriranno inevitabilmente i petali del rimpianto.

Si resta sempre un pó bambini, come ai bei tempi della scuola.
Ed il problema è ancora quello: giustificare le assenze.

In realtà, nessuno ti manca mai veramente.
A mancarti è più la confortevole visione del riflesso di te
negli occhi di chi credevi ti amasse.

Ci sono di quegli amori ogni giorno uguali,
che durano per sempre.
Amori garantiti da una vita avara
di opzioni ed alternative possibili.

Quei due vivevano lì.
Tra parentesi mal chiuse, calde come l'Inferno.
Uscivano poco.
Giusto il tempo di pentirsi.
Per poi tornare a peccare.

Certo, puoi anche provarci ad andartene via.
Ma dovrai portarti dietro tutto ciò che ti appartiene.
Iniziando da me.

Sono attimi.
Pezzi di tempo lasciati lì, in fondo alla vita di qualcun altro.
Istanti in cui credi di avere tutto, e non sai mai cosa farne.

Un vero sognatore lo riconosci dalla capacità
di raccontarti i suoi incubi.
Che a raccontare i bei sogni, son buoni tutti.

Strada è un macellaio che chiude bottega sotto gli occhi
di un'anziana puttana che bestemmia in rumeno.
Stanchi, entrambi, di vendere carne.

Non ci sei mai, ogni volta che serve.
Quando, la sera, ho bisogno di te.
E parlo col vento, delirio perfetto.
"Porta via tutto, portati me".

Io resto lì.
Ai bordi del prato vicino alla scuola.
In mano ho cento fiori, raccolti per mamma.
Ed il viso ancora sporco.
Di gioco e di amore.

La vera solitudine è quando hai finito ogni scorta possibile.
Di vino, sigarette e ricordi.

Ci sono caffè lunghi una vita.

Nei giorni che vivi, lascia porte e finestre ben aperte,
ad aerare l'ambiente.
Che ogni ieri ha un suo odore.
Ed un naso attento, lo sa.

Quindi si passa il tempo così.
A raccontarsi al meglio.
A vendersi in saldo.
A rifilare i se fossi.

Vanno così certe cose.
Iniziano sotto forma di poesia e muoiono vestite di tragedia.
Nel mezzo, frasi fatte.
Per le quali fingere stupore.

Poi trattenni il fiato, il mio, il suo.
E diedi l'ultimo strattone che ci avrebbe separati per sempre.
Andò così, quel bacio d'addio.

L'insonnia è una donna sadica che ti tiene sveglio, alzando
il volume dei tuoi pensieri ad un livello insostenibile.

A ciò che è stato.
A ciò che avrei voluto.
Ed a ciò che sarà.
Ogni sera, io brindo così.
Col mio solito vino, invecchiato nell'attesa di te.

È una lenta risalita, la tua.
Di appigli rabbiosi e lucide vertigini.
Del vuoto, laggiù, hai deriso ogni eco.
Ora lo sai: la vetta sei tu.

Non sono mai le persone a scegliere di incontrarsi.
Sono le anime a cercarsi.
Fino a trovarsi.
E divenire una sola cosa.
Indissolubilmente.

È tardi, ed il tempo non c'entra.
Troppo tardi, e non è colpa di nessuno.
Così, vivo senza fretta.
Fuori, tutti ad aspettarmi.
E manchi tu.

A tenerli insieme, era il reciproco bisogno di affondare
le radici in un cuore di cui potersi nutrire.
Quel coso, l'amore, venne dopo.

Persino la sorprendente bellezza
di un tramonto qualunque diverrebbe discutibile,
in assenza di certezze sull'alba di domani.

Finite le stelle, impareremo a contare anche i baci.
Quelli dati per amore e quelli avuti per errore.
Tutti, tranne il primo: quello vero.

L'uomo, perché un uomo era stato, sedeva lì.
Chino sul tavolo della memoria.
Ad affilare lame nuove e cortesi con cui ammazzare i ricordi.

Finisce sempre così.
A preoccuparsi di tutto perché si ha paura del niente.

La colpa di tutto, puoi vederla.
Sta lì.
Nel nostro banale voler esserci ancora.
Noi, che siamo sassi e null'altro.
Pronti a fingerci rocce.

Avrò per te nuove parole,
quelle che non hai udito mai.
Tu, notte che piove,
bevi tutto il freddo che ho.
Io, ieri dio.
Oggi cristallo.

Mai dovunque.
Mai comunque.
Mai a chiunque.
Che donarsi è una cosa seria.

Così, estinti gli eroi, abbiamo imparato l'arte serale
dell'attesa in poltrona.
Certi che, tanto, ci penserà il tempo
a correggere il mondo.

La consapevolezza della propria mediocrità anestetizza
mediamente le dolorose artrosi dell'anima
Ed elimina l'attitudine ai sogni proibiti.

Si finisce sempre col diventare, più o meno volutamente,
il "devoandare" di qualcun altro.
Perché il viversi è un viaggio al massacro.

I soliti odori, uguali da sempre.
Di notti condite col vino e col jazz.
Di anni che ho amato sulla fiducia.
I soliti odori, che sanno di te.

Io resto qui.
E, fronte al tramonto come un guerriero,
scruto all'orizzonte il vento di domani.
Indeciso tra il sottrarmi ed il soccombere.

Nell'amaro pentirsi v'è, spesso, una consapevolezza
così ridicola e tardiva da rendere terribilmente puerile
anche il più diabolico peccato.

Un errore, anche il più grande, fosse pure l'apice
dell'imperdonabile, deve avere dignità.
Un errore te lo perdoni, se ne é valsa la pena.

———

Vivo di poche dissonanti armonie.
Battiti irosi del tempo in levare.
Accordi in minore.
Sincopi irregolari.
Poi le parole: l'assolo di me.

———

Puoi braccare i pensieri.
Fare il verso ai fantasmi.
Puoi vestire il silenzio.
E dipingere i sensi.
Puoi, scrivendo, fare a meno di te.

———

I miei occhi, per guardare il mondo.
I tuoi, per guardarmi dentro.

———

Spesso si tratta soltanto di un capriccio stravagante che,
per occultare il disagio, preferiamo chiamare amore.

Ce ne staremo lì, in un angolo di mondo privo di rumore,
a raccontarci sottovoce com'è stato esistere,
prima di diventare finalmente Noi.

Non è vero che a restare soli ci si ascolta.
Quando sei solo, sei costretto a mentirti di più.
La verità, spesso, ha bisogno di un complice.

Alla fine sei tu, il mio unico tempo.
Sei proprio tu, tutto il tempo che ho.
Tu, che come fa il tempo, inizi accadendo e finisci uccidendo.

Poi le dissi che avrei soltanto voluto
poggiare la testa sul suo ventre.
E finalmente, dormire.
Sicuro, al risveglio, di trovarmi migliore.

Il primo amore è sempre l'ultimo.
Purché sia in grado di cancellarti i ricordi.

Certe persone hanno occhi così in gamba da conoscere
la strada anche per te e sanno dove vuoi andare.
Ci sono persone di cui ti puoi fidare.

Dio, in fondo, siamo noi.
Ma ci piace troppo delegare.

C'è, nello scrivere, un potere di pacificazione con se stessi
che prescinde dal contenuto, e che si palesa nel coraggio
delle proprie idee.

Dovremmo imparare dalla Luna.
Mostrare sempre la nostra faccia migliore.
E laddove ciò non fosse possibile, privilegiare l'eclissi.

L'uomo, spalle al muro, scorse una smorfia
sulle labbra del boia.
Ecco la grazia, pensò.
Poi morì.
Genera speranza, un semplice sorriso.

La maledizione di piacere a chiunque.
Fuorché a te stesso.

Non volevo essere l'uomo dei suoi sogni.
Io volevo mutarmi in un sogno proibito.
E di notte, quando il tempo è vampiro, succhiarle l'amore.

Era un cuore come tanti.
Dai battiti lenti e regolari.
Nessuna anomalia.
Nessuna imperfezione.
Soltanto, era refrattario all'amore.

Degli istanti perfetti.
Dei tramonti naïf.
Dei miei "tornodomani".
Dei tuoi "restaconme".
Fino all'ultimo bacio.
Sai di sesso e caffè.

Sai ancora correre sotto agli spari, e mentre corri, rispondere al fuoco?
Che é guerra aperta, ogni giorno, finché sei in guerra con te.

Quando cadi non c'è appiglio nell'acqua morta dei perché.
Cadi forte, ma hai già deciso che non vuoi salire più.

Fuori c'è un vecchio, col cane al guinzaglio assai più stanco di lui.
La moglie, inscheletrita, urla oscenità.
Io, da qui, li guardo morire.

Infine c'è il sesso.
Il vino rosso.
I film di Sorrentino.
Il primo LP degli Smiths.
Le Merit.
Il caffè di notte.
Ed un vago ricordo di me.

Abbiamo costruito solitudini comode,
col solo scopo di allevarvi il silenzio necessario
ad ascoltare la voce fatata dei nostri fantasmi.

Forse viaggiamo su mondi paralleli dai quali,
probabilmente, scenderemo alla prossima fermata.
Mondi, sui quali, è stato un errore salire.

Erano troppo grandi i suoi occhi, per abitare quel viso privo di vita.
Occhi decisamente abusivi.
Che, solo socchiusi, parevano esser veri.

Soli.
Sotto un cielo di doppisensi, frasi fraintese, rime trafugate
allo scaffale delle idiozie e volti dai sorrisi a paresi.
Comunque soli.

Nessuno si pente mai veramente fino in fondo.
Ci si redime, giusto un pó, solo a causa di una intollerabile
implosione dei sensi di colpa.

Forse, torneremo a rubare i fiori più belli
da regalare alla donna che amiamo.
Forse, torneremo ad essere migliori.

Siamo noi l'unico miracolo da guardare a naso in su.
Sopraffatti, ma stupiti, dal quotidiano sopravviversi.

Non si dovrebbe mai smettere di serbare
del vivo rancore a chi ci ha fatto del male.
C'è pigrizia nel perdono.

In una notte d'Agosto così bella e stellata, credetemi,
ho visto persone chiudere gli occhi.
E sparirci dentro, in un attimo.

Tolta agli uomini la paura della morte, anche la più solida
delle religioni cadrebbe in miseria nel giro di poche ore.

Di chi ami, devi essere amante, amico, marito, complice.
E, se serve, anche un pó padre.

Quei suoi occhi sognanti.
Due fessure perfette in cui poterci morire.

Accadono certi pianti travestiti da sorrisi, le cui lacrime
disertano le guance per manifesto e inusitato orgoglio.

63

Ho scalato pregiudizi, navigato cattive abitudini,
varcato sogni bastardi e planato su amori pericolanti.
Ma volevo solo calpestare la noia.

Non è mai il 'diverso' a far paura.
È più la precarietà del nostro 'normale' ad infonderci terrore.

Le parole diventano inutili di fronte a labbra indispensabili.

Si erano giurati amore eterno.
Credendo, in quel momento,
in un bacio che li avrebbe resi immortali.

Sai di quell'attimo in cui ciò che mi è sempre
mancato sembra non appartenermi più.
Persino l'attitudine a bastarmi, mi appare inutile.

Un bacio, per essere perfetto, deve peccare di presunzione.
Fino a credersi il primo.

Quel che è stato lo rifarei.
Ogni gesto, ogni parola.
Ogni piccola passione.
Oggi ancora come allora.
Come ieri, oggi sarò.

Giocavamo ad accorciare le distanze.
Labbra unite, a ridere di noi.
Poi imparammo il giocare a perdersi.
Ma quando lei vinse, io non ero lì.

Mani esperte, a modellare la vita in ogni attimo.
Ed i giorni son li, sempre uguali.
Fuori, invece, tutto cambia.
Anche il gusto del caffè.

I rapporti a distanza non funzionano mai.
Soprattutto se si vive insieme.

Voi lo chiamate "imbarazzo della scelta". Io, potere.

Al bar.
Una donna anziana accanto a me, parla di sè,
del marito che ha perso.
Poi, ad occhi stanchi, sussurra: "mi manca ballarci insieme".

In un mondo immaginato, non esistono eroi.
Il coraggio è un hobby.
Il dolore, un solletico.
Ci si vive ridendo.
E ad amarsi, è un attimo.

Non c'è donna più femmina di una donna che sa
come nascondere la propria bellezza,
se questa fa più rumore delle sue stesse parole.

Del passato, il proprietario.
Del futuro, un inquilino.

Affronteremo nuovi giorni come contadini del tempo,
con la vita bruciata dal sole.
Seminando l'improbabile per raccogliere il possibile.

Mille mesi e non sentirli, tanto il tempo non esiste.
Mille specchi e non guardarli, che ogni ruga ha del rimpianto.

A volte l'ironia è soltanto lo specchio di un disagio che la
donna delle pulizie non spolvera mai.

Il rischio più grande da evitare ad ogni costo
è diventare il riparo della corsa altrui.
Chi corre ai ripari, arriva stanco al traguardo.

A volte non è nemmeno scelta.
È più disperazione.

Ci si incontra sempre per caso, ma guai a non essere puntuali.

Prima di chiunque altro, la metà di te stesso sei tu.
Ma é più semplice cercarla altrove.

Inizia così, la nostalgia.
Da un odore, da un suono.
O da un gesto banale.
La nostalgia è il desiderio di chi non riesce a tornare.

- ti amo
- anch'io
Poi avrebbero aspettato l'alba abbracciati,
prima che quella notte stupenda li ingoiasse per sempre.

Il mio racconto più vero è quello che tante volte
ho scritto e poi cancellato.
Parla di occhi col mare dentro.
E di assenze da colmare, dentro.

Non chiamarlo Domani, se ti appare già fin d'ora come
un giorno chiuso a chiave nella stanza dell'odio.

Non si è mai eroi di una guerra persa con sé stessi.

Il segreto é tutto lì.
Ai margini del confine tra coraggio e pazzia.

É meglio essere il "magari" di qualcuno, che il "purtroppo".

Perché si ha freddo d'inverno.
Perché ogni giorno fa notte.
Perché le case vuote urlano.
Perché i vecchi poi muoiono.
Ecco perché ci si ama.

A cercare tutti un punto fermo.
Qualunque esso sia.
Purché si muova.

Del passato, il lenirsi.
Del presente, l'esserci.
Del futuro, il credervi.

Quella notte, per esempio, era la luna a guardarci.
E le stelle, spenta la luce, ci danzavano intorno.

Forse amarsi è quel bisogno incontrollabile di voler
riporre i propri sogni nel cassetto di un altro.

Alla fine, l'unico scopo è vendere
al miglior offerente i brandelli di noi.
Spacciandoli per scampoli di vita.

Capita, ad un certo punto della vita, di sentirsi talmente vivi
fino a credersi addirittura immortali.
Poi, puntualmente, ci si sposa.

Forse è stato scritto davvero tutto.
Ma ne è stata letta la metà.

Il lunedì è l'unico giorno in cui puoi consumare gli avanzi di ieri.

A volte, la paura è un pretesto.
La scusa ideale per scappare.
Salvo poi scoprire, delusi, che a rincorrerci
non c'è mai stato nessuno.

L'arte, in quanto tale, non va mai spiegata.
Al limite va piegata da colui che ne fruisce,
al proprio intimo e puntuale fraintendimento.

Non volevo mica farci l'amore, io.
Ma di più.
Volevo scoparle l'anima.

Certo, mi manchi.
Ma non lo te lo dirò mai.
Perché sai, sono uno cazzuto io.
Sono un uomo tutto d'un pezzo.
In altre parole, un cretino.

Per un insonne incallito, il problema vero non è il sonno.
Quasi sempre, è una persona.

Non passa mai niente.
Nemmeno chi ti manca.
Nemmeno chi ti ha deluso.
Il vizio di amarsi non passa mai.
Se passa, forse stai solo morendo.

Per poter amare un'altra persona é necessario
prima assolvere sé stessi dal non aver mai voluto
imparare a volersi almeno un po' di bene.

La solitudine é una donna anziana, coi denti putridi,
la camicia da notte sgualcita ed i capelli giallo nicotina.
Sensuale, suo malgrado.

Esiste musica a questo mondo che, se mi fermo
ad ascoltarla, il mondo stesso mi appare,
per pochi distratti istanti, come un posto perfetto.

C'è sempre qualcuno che potrebbe salvarti.
Ma, di solito, è già fin troppo impegnato
a salvare se stesso.

Tutto il tempo che non é servito a capirsi, l'abbiamo
imbottito con inutili, sopravvalutati silenzi.

Non si dovrebbe mai invecchiare senza il consenso dell'anima.

Siamo dei sadici in fuga dalle cose che ci fanno stare bene.
Perché è più comodo farcele mancare oggi,
che commemorarne il ricordo domani.

È l'immagine di un'altalena vuota a dominare i ricordi
di un uomo che non è mai riuscito ad essere bambino
fino in fondo.

C'è, quasi sempre, un gran senso di pace nello sguardo
di chi ha perso tutto.

Ad inseguire per troppo tempo la propria idea di libertà c'è il
serio rischio di diventarne irrimediabilmente schiavi.

Le risposte, prima o poi arrivano.
Anche se, nel frattempo, hai dimenticato le domande.

Per stare sveglio alle tre del mattino devi essere certamente un
fornaio, un metronotte o una prostituta.
Altrimenti sei soltanto un casino.

Che a frugarsi nell'anima, qualcosa di buono si trova sempre.

Avremmo dovuto imporci.
Far valere a forza le nostre ragioni.
E pretendere, anche con l'uso delle armi, di essere felici.

Arriva il tempo in cui smetti di agire seguendo le ragioni
del cuore e ti fermi a rinfacciargli i torti.

Giorni che odorano di primavera, la prima di quand'ero bambino.
Ed io, nato a Dicembre, speravo che l'inverno
non tornasse mai più.

Siamo sempre in bilico tra la voglia di qualcosa
e la voglia di qualcuno.

Il nostro era tutto un parlare sottovoce,
tra i caffè della notte e le sigarette spente a metà.
Perché era più urgente baciarsi.

Un uomo che sa come non tradire le proprie emozioni,
in realtà tradisce se stesso.

Impareremo tutti.
Con pazienza e lentamente.
Passo dopo passo.
Strada sbagliando.
Strada perdendo.

Preferivo le stelle delle mie notti bambine.
Quelle sì che eran troppe a contarle una ad una.
Una luna, tre stelle.
Sette favole belle.

Un insonne lo sa: man mano che avanza,
la notte cambia odore.

Giorni in cui è come stare dentro a certe foto
dove sorridono tutti e gli occhi chiusi ce li hai soltanto tu.

Puoi giocare a fingerti felice solo se riesci a cacciare via il
ricordo bruciante di quella volta in cui, felice,
lo sei stato davvero.

Ci siamo cercati per cosi tanti anni che nel frattempo
abbiamo imparato a perderci, appena trovati.
Ciascuno nell'odore dell'altro.

Ho sentito parole accarezzarmi i capelli,
librarsi nell'aria ed infine, sorridermi.
Per poi schiantarsi al suolo, divenute bugie.

Succedono certi amori che non ci meritiamo.

Non c'è notte che non porti con sé ciò che,
in realtà, ci manca da sempre.

Poi arriva l'ultima sigaretta, che l'ultima non lo è mai.
A fare il pari coi sogni. A fare a pugni coi guai.

C'è ancora notte per i tuoi sogni.
C'è ancora vita da farci un falò.
C'è ancora l'attimo da ricordare.
C'è ancora amore.
Ci sei ancora tu.

Niente è più struggente di due amanti che si giurano
eterno amore, a parte il loro temporaneo crederci.

Si è sempre in debito di un bacio mai dato,
di un amore negato e di un addio sussurrato.

Una buona metafora della vita è il calcio: stiamo li
in attesa che l'arbitro fischi il fallo di rigore.
E se ciò non accade, simuliamo.

<hr />

Forse siamo cresciuti un po' troppo velocemente.
Che oggi sembra ancora tutto come ieri,
quando non ci importava niente di domani.

<hr />

L'occupazione principale di un uomo dovrebbe consistere
nel collezionare più notti da ricordare che da dimenticare.

<hr />

Dimmi che il mondo non è cosi tondo come sembra,
che trovi sexy l'elastico dei miei slip e che noi due
non moriremo mai; se non dal ridere.

<hr />

Un buon 70% dei miei pensieri quotidiani è supportato
da colonne sonore indimenticabili.

<hr />

L'amore non corrisposto non è amore. È un ricatto.

C'è un'imperdonabile leggerezza nel vivere la propria vita
al condizionale.

È soltanto ad inverno concluso che mi accorgo
di aver perso un'altra buona occasione
per ballare nudo sotto la pioggia.

L'amicizia tra uomo e donna è una forma d'amore
che vuol durare per sempre.
Pur sotto mentite spoglie.

Si è sempre vittime della disattenzione di qualcun altro.
Ma, ancor più, della nostra.

Esiste un solo grande metodo infallibile per essere se stessi
fino in fondo: essere se stessi.
Fino in fondo.

C'è chi ti ama e c'è chi ama più l'idea di farsi amare da te.

79

Ho ancora giorni da accarezzare, come scampoli
di un tempo che ho saputo solo immaginare.
Ma che, a viverlo, non ho mai imparato veramente.

La magia delle cose fatte di getto.
Senza aspettare.
Senza rateizzare.
Perché il "troppotardi" potrebbe arrivare già domani.
Oppure mai.

La mia non è insonnia.
È più paura di svegliarmi dentro ad un sogno sbagliato.

Per vincere ogni paura, anche la più profonda,
occorre il coraggio della propria rabbia.

Il fatto é che le storie muoiono, gli amori si spengono e ti
restano solo cinquemila sigarette da fumare,
prima di imparare a ricominciare da te.

Quel che importa è fuggire.
Prima che arrivi un bacio perfetto a rubarci il fiato
necessario per correre.

L'unico vero trauma irrimediabile dell'infanzia è l'esser nati.

Il pessimista è colui che crede di stare sempre nella merda.
L'ottimista è colui che, pur stando nella merda,
si finge coprofago e sorride.

Abbiamo colmato tutte le distanze che ci separavano,
per poi farci fregare dai nostri stessi pensieri;
cosi lontani da non trovarsi mai.

Il coraggio delle proprie azioni è nulla
senza la follia nel pensarle.

È la notte il mio tempo e, per quel che può valere, se potessi
passarlo con te sarebbe quello il mio tempo migliore.

Del fare sesso conta il durante.
Del fare l'amore, il subito dopo.

Ciò che più temo è la perenne provvisorietà
del mio disincanto.

Non siamo alberi, noi.
Siamo uomini.
E non abbiamo altre radici se non il nostro cuore,
la nostra energia e la nostra irragionevole ragione.

Si muore per coerenza.
Si muore per insofferenza.
Si muore per esaurita pazienza.
Ma accade a pochi.
In genere, si muore più per abitudine.

Ti ho sentita, anche nel silenzio.
La tua voce era uguale alla mia.
Ti ho sentita anche se non c'eri.
E ho fatto finta di non esserci io.

Non cercare un amore qualunque.
Cerca un grande specchio che ti ritragga,
ma nella tua forma migliore.
L'amore, quando è vero, ti somiglia.

Certo, l'esperienza è un arma.
Ma se t'innamori, s'inceppa.

C'è del sollievo nell'arrendersi.

Con la scusa della sintesi, c'è chi omette verità scomode e
chi arrotonda bugie comode.

Sarà l'alba a farci strada domani.
Ed il nostro ieri si spegnerà lentamente dentro a quel buio
che, per anni, non è riuscito a spegnere noi.

Si diventa adulti, mica grandi.
Grandi, si nasce.

Dietro ad un gran bel sorriso c'è sempre
una persona talmente bella da sembrarti felice sempre.
Anche se dentro ha il caos.

Forse è stato stupido convincersi che nulla sarebbe mai
cambiato, e piu' te ne convincevi, piu' cambiavi tu.

Certi pensieri, a diventare parole, volano in aria.
E l'aria si sa, non ha peso.

In un universo parallelo dove le notti senza buio durano
anni e dove difendersi non serve, ci stiamo già dicendo
"ti amo" come nessuno mai.

Di una persona puoi anche provare a prenderti tutto,
ma solo se sei veramente convinto che questo
possa servire a renderla felice.

Siamo gocce in un mare troppo stanco di essere navigato.

L'estate è una cena a base di pesce, prosecco ghiacciato e
lento sesso sulla sabbia bagnata.
Diversamente, è solo una stagione di merda.

C'è che passiamo una vita nell'intento di voler appartenere
a qualcuno, al punto tale da scordarci stupidamente di appartenere a noi stessi.

Arriva il giorno in cui inizi a chiederti se le corde
dell'altalena siano poi così sicure.
Ed in un attimo, smetti di essere bambino.

La notte è delle puttane, dei pokeristi, degli ubriachi,
degli insonni e dei portieri d'albergo.
La notte è di chi non sa morire.

Viaggio è una stazione affollata, un treno in partenza ed
un abbraccio che sembra non voler finire mai.
Ma non è amore.
E' paura dell'addio.

Uno degli errori imperdonabili che un uomo possa
compiere é trascorrere i suoi primi quarant'anni
facendo di tutto per rovinarsi i prossimi quaranta.

Basta una frase, una parola, o anche solo il magico
rumore delle labbra che si schiudono.
Basta poco per credere in qualcuno che non sia io.

In fondo, siamo soltanto dei piccoli universi.
Fatti di paure inconfessabili e sogni dozzinali.

Occorre rinascere per vivere, quando il tempo non è più
tuo e si fa corto come i giorni d'inverno.
Occorre rinascere, per non morire.

Domani vorrei svegliarmi con l'odore del ragù di mamma.
In radio, suonano i PinkFloyd.
É Pasqua del '70.
Tutto il resto, un brutto sogno.

I social network sono la cartina tornasole meno
attendibile dell'essere umano.
Li, chiunque riesce a sentirsi migliore.
Persino io.

Non ho paura di dover morire, un giorno.
Ho più paura di non saper morire,
dentro ad un giorno qualunque.

Siamo noi l'amico immaginario di noi stessi.
Dovremmo solo trovare il tempo ed il coraggio
di frequentarlo un po' di più.

Abbiamo aspettato, certo, a lungo e con pazienza.
Poi, per ingannare l'attesa, abbiamo giocato
ad ingannare noi stessi.

In realtà, noi non cresceremo mai.
Vivremo così, chiedendoci cose che ci chiediamo da sempre.
Sempre le stesse domande.
Solo più rugose.

Stiamo lentamente trasformandoci in ciò che
vent'anni fa deprecavamo con vigore.

Ignoranza, inettitudine e perfidia sono nulla di fronte
al peggior difetto che un uomo possa avere:
la mancanza di gusto.

Ho conosciuto persone che, col tempo,
non sono cambiate per niente.
Ed altre che, invece, sono cambiate profondamente.
Per niente.

Abbiamo tutti bisogno di parole
rassicuranti per dormire la notte.
Incuranti di come, chi ci rassicura di giorno,
poi soffra d'insonnia.

In una vita precedente abbiamo trascorso
l'ultima notte del mondo sulla spiaggia,
a giocare con le conchiglie,
dopo aver fatto l'amore.

Sono solo due le cose che rendono un uomo veramente libero: l'avere tanti soldi o il non averne affatto.

Dopo 20 anni ci si può abbracciare ancora,
con la stessa passione di un tempo.
E solo per un attimo, credersi meravigliosamente immortali.

L'unica vera pazzia è credere che il savio abbia sempre ragione.

Il passato è un satiro giocoso che ti fa credere di aver perso
le tue tracce, per poi sbucare in piena notte,
nel cesso di un autogrill.

Serve coraggio a bucare il proprio sacco, sperando che ne
esca fuori soltanto la farina migliore.

Il fatto che io non coltivi illusioni non significa
che mi sia disfatto delle sementi.

Un viaggiatore non teme di smarrire il suo bagaglio.
Ha più paura di perdere la via del ritorno.
O, in alcuni casi, di non perderla affatto.

Siamo favole.
Ognuno a suo modo.
Col lieto fine, oppure no.
In cerca di un narratore insonne la cui voce rauca
racconti di noi, ogni notte.

L'alba arrivò così, mostrandosi spietata ed insolente
verso di noi che credevamo fosse stata davvero
quella l'ultima notte del mondo.

Esistono notti senza tempo, fatte di materassi scomodi,
marmellate acide e luci mai spente ad illuminare anime legate.
Indissolubilmente.

I pianti di gioia non esistono.
Quelle sono lacrime di dolore residuo.

L'unico appuntamento al buio poco raccomandabile
è quello che fisso con me stesso, notte dopo notte.
Al quale, poi, puntualmente manco.

I sogni migliori sono quelli che al mattino non riesci
a ricordare, ma il cui sapore ti segue fino al bar,
diluendosi dentro al primo caffè.

Finito di stampare nel mese di Luglio 2015
per conto di Youcanprint *Self - Publishing*

www.ingramcontent.com/pod-product-compliance
Lightning Source LLC
Chambersburg PA
CBHW041607240626
47164CB00009B/202